Los misterios de los chicos del vagón d

DISPONIBLE EN INGLÉS

The Boxcar Children
Surprise Island
The Yellow House Mystery
Mystery Ranch
Mike's Mystery
Blue Bay Mystery
The Woodshed Mystery
The Lighthouse Mystery
Mountain Top Mystery
Schoolhouse Mystery
Caboose Mystery
Houseboat Mystery
Snowbound Mystery
Tree House Mystery
Bicycle Mystery
Mystery in the Sand
Mystery Behind the Wall
Bus Station Mystery
Benny Uncovers a Mystery
The Haunted Cabin Mystery
The Deserted Library Mystery
The Animal Shelter Mystery
The Old Motel Mystery
The Mystery of the Hidden Painting
The Amusement Park Mystery
The Mystery of the Mixed-Up Zoo
The Camp-Out Mystery
The Mystery Girl
The Mystery Cruise
The Disappearing Friend Mystery
The Mystery of the Singing Ghost
The Mystery in the Snow
The Pizza Mystery
The Mystery Horse
The Mystery at the Dog Show
The Castle Mystery
The Mystery of the Lost Village
The Mystery on the Ice
The Mystery of the Purple Pool
The Ghost Ship Mystery
The Mystery in Washington, DC
The Canoe Trip Mystery
The Mystery of the Hidden Beach
The Mystery of the Missing Cat
The Mystery at Snowflake Inn
The Mystery on Stage
The Di
The My
The Mystery at the Ball Park
The Chocolate Sundae Mystery
The Mystery of the Hot Air Balloon
The Mystery Bookstore
The Pilgrim Village Mystery
The Mystery of the Stolen Boxcar
The Mystery in the Cave
The Mystery on the Train
The Mystery at the Fair
The Mystery of the Lost Mine
The Guide Dog Mystery
The Hurricane Mystery
The Pet Shop Mystery
The Mystery of the Secret Message
The Firehouse Mystery
The Mystery in San Francisco
The Niagara Falls Mystery
The Mystery at the Alamo
The Outer Space Mystery
The Soccer Mystery
The Mystery in the Old Attic
The Growling Bear Mystery
The Mystery of the Lake Monster
The Mystery at Peacock Hall
The Windy City Mystery
The Black Pearl Mystery
The Cereal Box Mystery
The Panther Mystery
The Mystery of the Queen's Jewels
The Stolen Sword Mystery
The Basketball Mystery
The Movie Star Mystery
The Mystery of the Pirate's Map
The Ghost Town Mystery
The Mystery of the Black Raven
The Mystery in the Mall
The Mystery in New York
The Gymnastics Mystery
The Poison Frog Mystery
The Mystery of the Empty Safe
The Home Run Mystery
The Great Bicycle Race Mystery
The Mystery of the Wild Ponies
The Mystery in the Computer Game
The Honeybee Mystery

Los misterios de los chicos del vagón de carga

The Mystery at the Crooked House
The Hockey Mystery
The Mystery of the Midnight Dog
The Mystery of the Screech Owl
The Summer Camp Mystery
The Copycat Mystery
The Haunted Clock Tower Mystery
The Mystery of the Tiger's Eye
The Disappearing Staircase Mystery
The Mystery on Blizzard Mountain
The Mystery of the Spider's Clue
The Candy Factory Mystery
The Mystery of the Mummy's Curse
The Mystery of the Star Ruby
The Stuffed Bear Mystery
The Mystery of Alligator Swamp
The Mystery at Skeleton Point
The Tattletale Mystery
The Comic Book Mystery
The Great Shark Mystery
The Ice Cream Mystery
The Midnight Mystery
The Mystery in the Fortune Cookie
The Black Widow Spider Mystery
The Radio Mystery
The Mystery of the Runaway Ghost
The Finders Keepers Mystery
The Mystery of the Haunted Boxcar
The Clue in the Corn Maze
The Ghost of the Chattering Bones
The Sword of the Silver Knight
The Game Store Mystery
The Mystery of the Orphan Train
The Vanishing Passenger
The Giant Yo-Yo Mystery
The Creature in Ogopogo Lake
The Rock 'n' Roll Mystery
The Secret of the Mask
The Seattle Puzzle
The Ghost in the First Row
The Box That Watch Found
A Horse Named Dragon
The Great Detective Race
The Ghost at the Drive-In Movie
The Mystery of the Traveling Tomatoes
The Spy Game
The Dog-Gone Mystery
The Vampire Mystery
Superstar Watch
The Spy in the Bleachers
The Amazing Mystery Show
The Pumpkin Head Mystery
The Cupcake Caper
The Clue in the Recycling Bin
Monkey Trouble
The Zombie Project
The Great Turkey Heist
The Garden Thief
The Boardwalk Mystery
The Mystery of the Fallen Treasure
The Return of the Graveyard Ghost
The Mystery of the Stolen Snowboard
The Mystery of the Wild West Bandit
The Mystery of the Grinning Gargoyle
The Mystery of the Soccer Snitch
The Mystery of the Missing Pop Idol
The Mystery of the Stolen Dinosaur Bones
The Mystery at the Calgary Stampede
The Sleepy Hollow Mystery
The Legend of the Irish Castle
The Celebrity Cat Caper

DISPONIBLE EN ESPAÑOL

Los chicos del vagón de carga
La isla de las sorpresas
El misterio de la casa amarilla
El rancho del misterio
El misterio de Mike

EL RANCHO DEL MISTERIO

GERTRUDE CHANDLER WARNER

Ilustraciones de Dirk Gringhuis

Albert Whitman & Company
Chicago, Illinois

Los datos del Catálogo de Publicación (CIP) de la Biblioteca del Congreso
se encuentran archivados con la casa editorial.

Edición en español publicada en el 2016 por Albert Whitman & Company

ISBN 978-0-8075-7652-6

Impreso en los Estados Unidos
10 9 8 7 6 5 4 3 2 1 LB 24 23 22 21 20 19 18 17 16

Ilustraciones de Dirk Gringhuis

Para obtener más información sobre Albert Whitman & Company,
visite nuestro sitio web en www.albertwhitman.com.

Índice

Capítulo 1

Un portazo

Con un portazo se inició una emocionante aventura de verano para los hermanos Alden.

La gran casa en la que vivían con su abuelo estaba tranquila, todo lo tranquila que podía estar una casa en la que vivían cuatro niños. Su tío Joe se había ido a Europa con su mujer, Alice, con la que se había casado hacía poco. Sí, todo estaba en calma hasta la tarde en la que se oyó el portazo.

Lo había dado el señor Alden al entrar de la calle.

—¡Hola, abuelo! —saludó Benny.

—Hola.

No dijo nada más. Se metió directamente en el salón y pegó otro fuerte portazo.

"¡Vaya! ¿Qué le pasará al abuelo?", pensó Benny, y echó a correr escaleras arriba hasta la habitación en la que Jessie y Violet estaban leyendo.

—¡Escuchen! —exclamó—. Al abuelo tiene que haberle pasado algo terrible. Dio un portazo y solo me dijo "Hola". Siempre dice: "Ah, hola, Benny. ¿Cómo va todo?".

Jessie cerró el libro de inmediato y se incorporó.

—¿Se lo contaste a Henry? —preguntó.

—No. Se lo acabo de decir a ustedes. No tuve tiempo de nada más.

—¡Henry! —llamó Jessie.

—¿Qué pasó? —preguntó Henry, que ya se acercaba por el pasillo. Con solo oír la voz de su hermana supo que algo sucedía.

—Dice Benny que el abuelo entró en casa y dio un portazo, y que casi ni lo saludó.

Henry se detuvo en el umbral.

—¿Dónde está ahora el abuelo, hermanito? —preguntó.

—Se encerró en el salón. Y dio otro portazo.

—¡Vaya! —exclamó Henry.

—¿Qué habrá sucedido? —preguntó Violet, con la carita muy pálida.

—Deberíamos ir a hablar con él —propuso Henry en voz baja.

Los hermanos se miraron y bajaron la escalera despacio. El mayor tomó aire y llamó a la puerta.

—Adelante —dijo el señor Alden con una voz cansada.

Los niños entraron y lo encontraron con la cabeza entre las manos.

—¡A nosotros puedes contarnos lo que sea, abuelo! —dijo Benny.

—Exacto —dijo Henry—. Siempre te contamos nuestros problemas. Si ahora el que tiene un problema eres tú, te ayudaremos.

—Ojalá pudieran, jovencito —contestó el señor Alden con tristeza—, pero no sé cómo.

Los chicos se sentaron en el suelo y esperaron en silencio a que continuara.

—Me llegó una carta que habla de mi hermana. No sabían que tengo una hermana, ¿verdad?

—No, abuelo —respondió Jessie—, pero somos una familia curiosa. Al principio no sabíamos que teníamos un abuelo tan bueno. Ni tampoco que Joe era nuestro tío.

—Es cierto, cariño —dijo el señor Alden.

—¿Dónde vive tu hermana? —preguntó Benny.

—En un rancho, al oeste. El pueblo más cercano es Centerville —explicó el señor Alden, cada vez más triste—. Jane está mayor y tiene muy mal carácter. La vecina que vive con ella quiere marcharse. Nadie quiere hacerle compañía porque es muy antipática.

Se niega a irse del rancho, pero no puedo dejar que se quede allí sola.

—¿Por qué no vas a verla, abuelo? —propuso Benny.

—¡Ja! Jane no me dejaría ni entrar —contestó el señor Alden—. No me tiene cariño. Yo tampoco me he portado muy bien con ella, la verdad.

—¿Cómo es el rancho? —preguntó Jessie.

—Bueno, es el antiguo rancho familiar. Yo viví allí de pequeño. Cuando me vine al este con mis padres, Jane se quedó. —El abuelo se detuvo. Parecía que se había puesto a pensar, como si los chicos no estuvieran delante. Al cabo de un rato continuó—: Durante un tiempo le fue muy bien, pero luego tuvo que vender el ganado y los caballos. Ahora solo le quedan un caballo viejo y unas pocas gallinas. Debe de ser muy pobre, pero se niega a aceptar mi dinero.

—Es orgullosa.

—Exacto, Benny. Es demasiado orgullosa y no me permite ayudarla. Denme tiempo para pensarlo bien. Vayan a cenar y pídanle a la señora McGregor que me traiga una bandeja.

Cenaré aquí. Son ustedes unos chicos muy buenos, pero con esto no pueden ayudarme.

—Pero, abuelo...—empezó Benny.

—No —dijo el señor Alden—. Vayan a cenar y pórtense bien. Tengo que reflexionar a solas.

Capítulo 2

La carta

Durante unos instantes nadie se movió.

—Oye, abuelo: no podemos sentarnos a comer nada si te quedas aquí solo —aseguró por fin Henry—. Deja que te ayudemos. Al menos dinos quién escribió la carta.

El señor Alden miró uno a uno a sus nietos. Todos lo observaban con cariño.

—Bueno, como quieran —contestó pausadamente—. La escribió Maggie. Es la vecina que vive con mi hermana. Ya le mandé tres enfermeras, pero Jane siempre las espanta. No quiere a nadie por allí. Ni siquiera para ayudarla.

—Es muy malo ser así, ¿verdad?

—Sí, Benny. Es muy triste —contestó el señor Alden—. Siempre ha sido difícil llevarse bien con ella.

—¿Qué dice Maggie? —preguntó Henry.

El señor Alden miró a su nieto mayor y sacó una carta del bolsillo.

—En fin, mejor se los cuento todo. Aquí está la carta —dijo, y se la entregó a Henry.

—¡Léela en voz alta! —exclamó Benny—. ¡Así sabremos todos lo que dice!

Henry miró al abuelo, que asintió. El muchacho empezó a leer:

—"Apreciado señor Alden: Le escribo para decirle que no puedo seguir viviendo con su hermana. No me deja comer. Jane es muy antipática conmigo y tiene ideas muy raras. Ahora quiere ver a alguno de sus nietos. No está enferma, pero se pasa el día en la cama. No la dejaré hasta que mande usted a alguien, pero le pido que intervenga."

Al principio nadie abrió la boca, pero luego Violet, que se había recostado contra el brazo de la silla del abuelo, dijo:

—Creo que sé cómo podemos ayudar.

Jessie rió y exclamó:

—¡Violet! ¿Estás pesando lo mismo que yo?

—Creo que sí —contestó la niña, sonriendo a su hermana mayor.

—¡Yo también! Abuelo, a Violet y a mí nos gustaría cuidar a la tía Jane.

El señor Alden se quedó callado.

—Déjanos ir, por favor, abuelo —suplicó Violet.

—Cariño, no es que no quiera que vayan —aseguró el señor Alden—. Es que no sé si Jane se portará bien con ustedes.

—Eso no nos preocupa. Jessie y yo nos haremos compañía. Y a mí me gusta cuidar a los enfermos.

—Ya sé que tienes buenas intenciones, hija mía. Muchas veces has hecho que me sintiera mejor cuando estaba enfermo.

—¡Llama por teléfono, abuelo! —gritó Benny, que no soportaba esperar—. Dile a Maggie que van a ir las chicas y que todo se arreglará para siempre.

—Jane no tiene teléfono —respondió el señor Alden, y sonrió al ver la cara de

sorpresa de su nietecito, que creía que todo el mundo tenía uno—. Lo que sí podría hacer es mandar un telegrama. Llegan a la estación de tren de Centerville.

—Voy a mirar el horario de los trenes—anunció Henry, y se levantó del suelo—. Ojalá pudiera ir yo también. Nunca he visto un rancho.

—A mí también me gustaría que nos acompañaras, Henry —afirmó Jessie—, pero es mejor si vamos solamente las chicas, ¿verdad, abuelo? Con cuatro jovencitos que no conoce, la tía Jane podría asustarse.

Henry había encontrado el horario.

—Hay uno que sale mañana a las seis de la tarde. Tendrían que pasar la noche en el tren.

—Sería genial —reconoció Jessie.

—Bueno, si de verdad van a ir —empezó poco a poco el abuelo—, debería contarles algo más. El hermano de Maggie, Sam Weeks, vive en la casa más próxima, con su mujer. Son muy buena gente y seguro que podrán quedarse con ellos si Jane no las recibe bien.

El señor Alden ya estaba redactando mentalmente otro telegrama que pensaba enviar a Sam en cuanto sus nietos se acostaran.

—Una cosa sí que deben prometerme, chicas —añadió—. Tienen que mandarme un telegrama todos los días.

—Por supuesto. Te lo prometemos —contestó Jessie.

—¡Ahora vamos a cenar! —dijo Benny—. ¿No hueles el jamón y los huevos, abuelo? ¿No te da hambre?

—Pues sí, creo que sí —admitió el señor Alden, sorprendido—. Estoy convencido de que ustedes dos, jovencitas, pueden ayudar a Jane más que nadie en el mundo.

Jessie miró sonriente a su hermana, que dijo:

—Seguro que nos divertiremos mucho.

Violet ya se imaginaba a la hermana del abuelo como "la querida tía Jane". Sin embargo, también era cierto que no había conocido a mucha gente antipática.

Capítulo 3

Un frío recibimiento

¡Qué emoción! La señora McGregor, el ama de llaves, les preparó un buen almuerzo y lo metió en una lonchera que entregó a Jessie con una sonrisa maternal.

Benny miró lo que había dentro y comentó:

—Si la tía Jane no les da suficiente comida, ahí tienen para dos o tres días.

El señor Alden llevó a las niñas a la estación. Las observó detenidamente mientras se sentaban las dos juntas. Jessie y Violet sonrieron y dijeron adiós con la mano hasta que dejaron de ver al abuelo. Las horas pasaron deprisa para las dos hermanas, porque todo era nuevo y apasionante. Se fijaron en un joven que leía un libro. Era muy alto. Tenía el pelo castaño y fino y los ojos marrones. En un momento dado pasó a su lado para ir a beber agua y les sonrió.

Las chicas también sonrieron. Cuando el desconocido volvió a concentrarse en el libro, Jessie susurró a Violet:

—Es muy guapo, ¿verdad?

No volvieron a pensar en él hasta llegar a Centerville a la mañana siguiente, temprano. Una vez allí, el joven las sorprendió al decir:

—Yo también me bajo aquí. ¿Les llevo las maletas?

—Ay, sí, gracias —dijo Jessie—. Están ahí arriba: la azul y la blanca.

—Me lo había imaginado —respondió él entre risas.

Las bajó y agarró las dos con una mano. Con la otra levantó la suya, que pesaba bastante. Las chicas buscaron a Maggie en el andén de la estación.

—Gracias por bajarnos las maletas —dijo Violet—. Ha sido usted muy amable.

—De nada —contestó el desconocido, muy educado.

—¿Es usted la señorita Alden? —preguntó entonces una voz a sus espaldas.

—¿La señorita Alden? —repitió Jessie, y se dio la vuelta—. Sí, sí, soy Jessie Alden. Y ella es Violet. ¿Es usted Maggie?

—Sí, soy Maggie. Me alegro mucho de verlas.

Las chicas agarraron las maletas y en ese momento se acordaron del amable joven. ¡Había desaparecido!

—¿Dónde se metió? —preguntó Jessie—. Me refiero al joven que nos bajó las maletas.

—No lo sé —contestó Maggie—. ¿Quién era?

—No lo había visto nunca. En fin, fue muy educado.

—Aquí no suele bajar mucha gente —aseguró Maggie—. ¿A qué habrá venido a Centerville?

—Bueno, como diría Benny, es un hombre misterioso —intervino Violet, sonriente.

Maggie las acompañó por toda la estación hasta una vieja carreta tirada por un caballo negro muy flaco.

—Suban. Solo hay un asiento, pero cabemos las tres.

Agarró las riendas. El viejo caballo levantó la cabeza y echó a andar poco a poco.

—Nos llevará a casa así, despacito —explicó Maggie—. No es como los que teníamos antes. Teníamos caballos de montar y ganado, y cultivábamos trigo. En los viejos tiempos era un buen rancho, pero ahora su tía abuela ya no puede llevarlo. ¿Sabían que no se levanta de la cama?

—Sí, nos lo contó el abuelo.

—¿Y les contó también que no quiere comer

y que tampoco me deja comer a mí?

—Sí. ¡Qué horror! —contestó Violet.

El caballo se detuvo ante la puerta trasera de una casa vieja de color marrón. Bajaron las tres de la carreta y Maggie abrió. Entraron en la cocina.

—Su tía Jane está ahí, en su cuarto —informó—. Dejen las maletas. Voy a avisarle que llegaron.

Se marchó y enseguida le oyeron decir:

—Ya están aquí las chicas.

Las dos hermanas entraron en el cuarto sin hacer ruido. Vieron a una mujer pequeñita medio incorporada en una cama grande y alta. Estaba muy flaca y no sonrió al verlas.

—¡Así que son ustedes las nietas de James Alden! —exclamó una voz cortante.

—Está muy preocupado por ti, tía Jane —aseguró Jessie, acercándose a la cama.

—¿Preocupado? ¡Bah! —replicó la ancianita.

Sin embargo, no pudo evitar alegrarse al oír aquella voz cordial que la llamaba "tía Jane". Hacía años que nadie le hablaba con tanto cariño.

—¿Qué le pasa a la otra niña? ¿No habla? —preguntó entonces, levantando la cabeza.

—Sí —respondió Violet, con una sonrisa—. Voy a hablar tanto que te cansarás de oírme.

La señora Alden no contestó, pero para sus adentros se dijo: "Jamás me cansaría de oír esa vocecita".

—Voy a ponerlas en el dormitorio grande —anunció Maggie—. ¿Le parece bien?

—Póngalas donde sea —dijo la tía Jane, y volvió la cara hacia la pared.

Maggie hizo un gesto a las chicas y salieron las tres.

—¿Habían visto a alguien tan antipático? —preguntó una vez fuera.

—No —reconoció Jessie—. Y nos da pena.

Maggie las acompañó al primer piso. Entraron en una habitación grande con muchas ventanas y una cama alta y amplia.

—¿En realidad qué le pasa a la tía Jane? —quiso saber Violet—. ¿Está muy enferma?

—Bueno —empezó Maggie—, la verdad, no creo que le pase nada de nada.

—Entonces, ¿por qué no se levanta?

—Ahora le faltan fuerzas. No tiene nada

por lo que vivir. La vida le da igual. Supongo que por eso no come.

—Bueno, nosotras sí que pensamos comer —afirmó Jessie.

—Yo ya tengo hambre —dijo Violet.

—Pues vamos a la cocina —contestó su hermana.

Cuando bajaban, Maggie les dijo con amabilidad:

—Instálense como si estuvieran en su casa.

Una vez en la cocina, miró por la ventana y vio el caballo, que seguía junto a la puerta de atrás.

—¡Madre mía! ¡Me olvidé del caballo!

Y con esa exclamación salió corriendo y dejó solas a las chicas. Entonces fue cuando Violet se fijó en la puerta del cuarto de su tía abuela. Estaba cerrada.

—Mira, Jessie —susurró—. La tía Jane debe de haber cerrado. Eso quiere decir que, si de verdad quiere, puede levantarse.

Capítulo 4

La primera comida de la tía Jane

—Vamos a preparar la cena sin esperar a Maggie —dijo Jessie, con su habitual tono decidido.

Las dos se pusieron enseguida a batir huevos en un cuenco. Jessie echó mantequilla en una sartén grande y la puso al fuego. Echaron trocitos de pan seco y leche en la mezcla y Jessie empezó a verterla en la sartén.

—¡Huy, qué bien huele! —comentó Maggie a su regreso—. ¿Es lo que le van a dar de cenar a "esa"?

—No —contestó Jessie—. Pensaba darle

solo algo de beber. Pero primero vamos a comer nosotras.

Violet había encontrado un mantel azul precioso y unas flores blancas. Había puesto tres cubiertos en la mesa, con unos platos azules antiguos y elegantes. A los lados había colocado el tenedor y el cuchillo y delante, un vaso de leche.

—¡A comer! —llamó Jessie con una sonrisa—. Acérquese, Maggie, y siéntese. Espero que hoy sí que coma suficiente.

—Bueno, llevo dos semanas sin ver tanta comida junta. Ay, cocinas muy bien para ser tan jovencita.

No se oía absolutamente nada en el dormitorio. Cuando Maggie dijo por fin que estaba llena, Jessie se levantó.

—Ahora es el turno de la tía Jane —dijo.

Abrió la fiambrera y sacó una naranja.

—¡Yo me lo bebería encantada! —aseguró Violet al verla hacer jugo y mezclarlo con un huevo batido.

Jessie llamó con delicadeza a la puerta del dormitorio.

—¡Bueno, entra de una vez! —bramó la tía

Jane—. ¡No te quedes ahí dando golpes!

Hablaba con malos modos, pero a Jessie le dio la sensación de que llevaba un rato esperando a que pasara algo.

La muchacha dejó el vaso encima de la mesa y luego fue hacia la cama y se inclinó sobre la ancianita.

—Tía Jane, esto está muy rico —aseguró—. Violet y yo acabamos de preparártelo. Ahora voy a incorporarte un poco para que puedas beber mejor.

La tía Jane se sorprendió cuando su sobrina nieta la levantó con sus fuertes brazos como si fuera una niña. Luego le acercó el vaso y se sentó junto a la cama.

—Bébetelo despacio —recomendó—. Como diría Benny: "Con mucha calma".

—¿Quién es ese tal Benny?

—Bueno, Benny es...—Jessie se detuvo—. Qué difícil resulta describir a nuestro hermanito.

En ese momento entró Violet, doblando el mantel azul. Se movía como si hubiera vivido allí toda la vida.

—Benny es el niño más gracioso que se

ha visto, tía—afirmó—, y además es bueno. Siempre hace reír a todo el mundo. Quiere mucho a nuestro perro, Guardián. Benny y Guardián prácticamente mantienen conversaciones. Cuando hay algún problema, Benny siempre busca a Guardián.

Jessie se fijó en que su tía se bebía el huevo con naranja, y bastante rápido. Parecía tener mucha hambre.

—¿Qué otros familiares hay? —preguntó.

—Pues tenemos a Henry —contestó Jessie—. Es nuestro hermano mayor. Es muy inteligente, muy bueno y muy considerado. Y además consigue meter en vereda a Benny, pero sin enfadarse.

—Si sus hermanos son como ustedes, también me gustaría conocerlos. Ahora llévense el vaso y váyanse. Estoy cansada. —Jessie volvió a inclinarse y acomodó a la tía Jane para que pudiera descansar—. Y llamen a Maggie.

Las chicas salieron en silencio y cumplieron esa orden. Terminaron de fregar los platos y luego se fueron al salón a esperar a Maggie.

—Ya ven cómo es —dijo esta al regresar—.

Primero me quiere a su lado y luego no. Creo que por fin está tranquila para pasar la noche. Ustedes dos también deberían irse a la cama.

—Muy buena idea —reconoció Jessie—. ¿Y usted dónde duerme?

—En una habitación que da a la cocina. Si por la noche necesitan algo, pueden bajar.

—Gracias, Maggie —dijo Jessie—. Sabiendo eso, no nos sentiremos tan raras en esta casa.

—Bueno, gracias a ustedes. Es una maravilla tener a alguien agradable con quien hablar.

Las hermanas subieron a su amplio dormitorio. Se metieron en la cama y charlaron un rato.

—¡Qué lindas son las estrellas! —comento Violet—. Parece que están aquí al lado.

—Nunca había visto estrellas que brillaran tanto —respondió Jessie—. Es porque no hay ninguna luz a nuestro alrededor.

Cuando ya se dormían, Jessie recordó algo y se echó a reír.

—Violet, ¿dónde crees que se metió aquel señor? El del tren.

—Ni idea. ¡Desapareció de repente!

—Un hombre misterioso, desde luego.

Y con eso se quedaron dormidas.

Capítulo 5

Un día en el rancho

Sam, el vecino, las despertó por la mañana al llevar la leche. Desde la cama oyeron a Maggie, que le decía:

—¡Calla, calla, Sam Weeks! Vas a despertar a las chicas.

—Es que quiero despertarlas. Quiero verlas —contestó él, y se puso a silbar.

Las hermanas se reían mientras se lavaban la cara en una gran palangana que tenían en el cuarto. Se vistieron deprisa. También querían ver a Sam.

—¡Bueno, bueno! —dijo él cuando entraron

en la cocina—. Me han contado que vinieron a ver a su tía abuela. ¿Piensan quedarse todo el verano?

—¡Sam! —gritó Maggie—. ¡Qué cosas preguntas!

—La verdad es que no sabemos cuánto tiempo nos quedaremos —dijo Jessie—. No sabemos cuánto tiempo querrá la tía Jane que pasemos con ella.

—Me preocupan ustedes —aseguró Sam—. Me preocupa que no coman lo suficiente. Maggie tenía que venir a casa a comer del hambre que pasaba.

—Bueno —respondió Jessie mientras echaba

unos huevos en agua caliente—, podemos ir a comprar comida. El abuelo nos dio dinero.

—Espero que, una vez la hayan comprado, su tía deje que se la coman —replicó él, y dio media vuelta para marcharse, pero justo antes de salir se detuvo y miró a Maggie—. Ah, ayer también se bajó un desconocido del tren.

—¡Sí, ya lo sabemos! —exclamaron las dos muchachas.

—Claro, no sé por qué no me sorprende.

—Lo llamamos "el hombre misterioso" —informó Jessie.

—Es cierto que es un misterio —reconoció Sam—. Si me fijé en él fue porque no suele bajar mucha gente del tren.

Miró a las tres mientras se sentaban a la mesa, que habían puesto muy linda. Se volvió otra vez y se fue a paso rápido. Jessie sonrió mientras vertía leche caliente encima de una tostada.

—Un poco de sal —comentó, riendo ya— y tenemos listo el desayuno de la tía Jane.

Le llevó el plato a su habitación.

—Será mi comida, supongo —dijo la anciana.

—Exacto. Tostada con leche. ¡Riquísima! Y ahora, mientras desayunas, voy a contarte nuestros planes. Esta mañana Maggie va a llevarnos al almacén a comprar comida. De paso nos acercaremos a la estación a mandar un telegrama al abuelo. Le diremos que nos estamos divirtiendo mucho.

—¿Se están divirtiendo? ¡Bah!

—Pero si es cierto, tía Jane —replicó Jessie tranquilamente—. Estamos encantadas con el rancho. ¡Es un sitio precioso!

—La única persona que le ha tenido cariño a este rancho soy yo —dijo su tía abuela, y empezó a comerse la tostada.

Jessie se quedó mirándola. "Está casi esquelética —pensaba—. Si tiene hambre, ¿por qué no quiere comer?" Luego recogió el plato vacío y se fue.

Al llegar a la cocina, vio a Maggie delante de la puerta de atrás con la carreta ya preparada. Se sorprendió al ver que Violet ya se había subido.

—¿No cerramos con llave? —preguntó.

—No, no hace falta. Por aquí no viene nadie —contestó Maggie—. ¡Arre!

CENTERVILLE

Mientras el caballo avanzaba a paso lento, las chicas redactaron un telegrama para el abuelo. Lo envió Tom Young, el jefe de estación.

—Un telegrama al día. ¡El pueblo se está animando! —comentó.

En ese momento oyeron un pitido.

—Todas las mañanas, pasa el tren en la otra dirección —aclaró Maggie—. ¿Quieren verlo?

Fueron a ver el tren. No subió ni se bajó nadie.

—Es lo más habitual —dijo Maggie—. Pronto dejará de parar en Centerville. No vale la pena.

De allí, Maggie y las chicas se fueron al almacén. Compraron comida suficiente para una semana y la cargaron en la carreta. Debido al peso, el viejo caballo regresó aún más despacio de lo normal.

Al llegar al rancho se encontraron a la tía Jane muy enfadada.

—¡Buf! —resopló—. Maggie, se va de paseo por todo el pueblo y me deja aquí sola. ¡Podría pasarme cualquier cosa!

—Pero, Jane, ¿qué podría pasarle aquí, en este sitio tan apartado?

—¡Casi me engañan para que venda el rancho! ¡Eso es lo que podría pasarme! —respondió la anciana.

—Vamos, Jane, debe de ser otra de sus ideas extrañas.

—¿Le parece extraña? Pues mire esto.

La señora Alden sacó una hoja de debajo de la almohada y Maggie y las hermanas se acercaron para ver qué decía. Era una oferta de compra del rancho por valor de diez mil dólares.

—¡Imagínenselo! —exclamó—. ¡Diez mil dólares por mi rancho! Pero les dije a esos tres señores que esto no está en venta, no importa lo que paguen. Tengo otros planes.

—Querida tía Jane —intervino Violet sin levantar la voz—, ¿quieres decir que entraron tres hombres en tu habitación?

—Sí. Pero tú no te preocupes, cariño, que yo ya me encargué de ellos. —Volvió a apoyar la cabeza en las almohadas—. Y ahora váyanse. Con tantas emociones me cansé.

Las tres se dirigieron a la cocina, donde Maggie comentó:

—Yo creía que le habría encantado deshacerse del rancho a cualquier precio.

—Pues yo me alegro de que no lo vendiera —dijo Violet—. Es precioso. Pero ¿qué planes serán esos que tiene?

Capítulo 6

La chimenea dorada

—Hoy vamos a disfrutar de un almuerzo de verdad —dijo Jessie, entre risas—. A lo mejor la tía Jane se anima a probar esta comida tan buena si le pongo solo un poquito.

—Lo dudo —contestó Maggie—. Hace dos años que no come como Dios manda.

Sin embargo, Jessie había acertado. Maggie se quedó boquiabierta al ver los platos de la tía Jane completamente vacíos.

—Desde luego, ustedes dos tienen muy buena mano —dijo a las chicas—. Jamás la había visto comer tanto.

Una vez lavada la vajilla, Jessie llamó con delicadeza a la puerta del dormitorio. De nuevo, le pareció que la tía Jane estaba esperando que pasara algo.

—Bueno, ¿y ahora qué quieres? —preguntó la anciana.

—A Violet y a mí nos gustaría saber si podemos explorar la casa.

—Adelante. Que yo sepa, aquí no hay ningún secreto.

—¿No hay misterios? —dijo Jessie entre risas.

—No. No hay ningún misterio, pero es una casa rara. Resulta que se construyó poco a poco. En realidad tiene cuatro partes.

Cuando Jessie ya se iba, la tía añadió:

—Sobre todo miren la gran chimenea que hay en el otro lado. Es lo más lindo de la casa. Está hecha con piedra de nuestras montañas.

—No lo olvidaremos.

Las dos hermanas sonrieron y se dirigieron al salón.

—Vamos a explorar toda la casa —propuso Jessie.

—Ja, ja, ja. ¿Por qué será que nos gustan

tanto las casas viejas?

Salieron al vestíbulo. Lo cruzaron y se encontraron en un salón idéntico al que acababan de abandonar.

—¡Este lado de la casa es exactamente igual al otro! —exclamó Jessie—. ¿Lo ves? Ahí están la cocina, el dormitorio pequeño, los dos salones y la puerta lateral.

—Y aquí tenemos la chimenea. ¿Verdad que es preciosa?

—¡La piedra es lisa y reluciente! ¿Viste esas manchitas amarillas? ¿Podrían ser de oro?

—Es un amarillo más intenso que el del

oro —contestó Violet—. Las manchas negras también son preciosas.

En el primer piso contaron ocho habitaciones.

—¡Qué divertido sería poder empapelar las paredes y pintar! —se ilusionó Jessie.

Su hermana había abierto la puerta del cuartito que quedaba justo encima del de la tía Jane.

—¡Ay, qué habitación tan bonita! —susurró—. ¡Ven a verla!

Era la más hermosa de toda la casa. El papel antiguo de las paredes era rosa claro. Unas cortinas blancas de tela fina adornaban la ventana. La cama era pequeña y tan alta como la grande que compartían ellas, pero con una diferencia importante: tenía dosel y estaba rodeada de cortinas blancas como las de la ventana.

—¿Quién habrá arreglado esta habitación? —se preguntó Violet—. ¿No quedaría preciosa con violetas en el papel de la pared? Me encantaría que fuera la mía.

—Sí, es de tu estilo, Violet —reconoció Jessie.

Cuando terminaron de explorar regresaron a la planta baja. Entraron en la cocina y oyeron que la tía Jane llamaba a Maggie. Violet fue a ver qué quería.

—¿Vieron la chimenea?

—Sí, tía Jane —contestó Violet—. Es muy linda.

—Las piedras salieron de nuestras montañas. En un momento dado creímos que estaban llenas de oro, pero no era oro del bueno.

—Pero con las manchas amarillas y negras resulta muy hermosa.

—Sí. Es uno de los motivos por los que mi padre utilizó esa piedra para la chimenea —explicó la tía—. También dijo que siempre le serviría de lección: cada vez que la mirase se acordaría de que tenía que trabajar mucho para conseguir cosas que valiera la pena tener. Por eso, no se sintió tan mal por no haber encontrado mucho oro.

—Esta casa es muy linda, desde luego —afirmó Violet—. Tiene muchísimas cosas hermosas. Dime, tía, ¿quién arregló el cuartito que está justo encima de este?

La tía Jane se quedó callada y Violet pensó

que no iba a contestar, pero al final dijo:
—Ese fue mi cuarto hace muchos años.
Tenía lágrimas en los ojos.

Capítulo 7

La llegada de los chicos

Pasaron dos días antes de que Maggie se decidiera a decir algo. Se sentía mucho mejor desde que comía tres veces al día. Y le encantaba tener alguien con quien hablar.

Las dos chicas y ella se habían sentado en los escalones de la puerta trasera a disfrutar de la brisa del atardecer. Ya habían ordenado la cocina y acababan de asomarse las primeras estrellas.

—A lo mejor no tengo derecho a preguntarlo —dijo Maggie—, pero me gustaría saber qué piensa hacer el abuelo de ustedes con su hermana. Necesita que haya alguien pendiente de ella a todas horas, y ustedes dos no pueden pasarse todo el verano aquí.

—Tal vez sí —respondió Violet en voz baja—. Este lugar nos gusta mucho y creo que la tía Jane ya se ha acostumbrado a nuestra presencia.

—Pero nos falta una cosa —se lamentó Jessie.

—Sí, es cierto —respondió su hermana, con la carita muy triste—. Echamos de menos a los chicos.

—¿Y si la tía Jane permite que vengan también? —dijo Jessie, mirándola—. Entonces todo sería perfecto.

—Mañana se lo preguntaremos —decidió Violet, y subieron a su cuarto para acostarse.

A la mañana siguiente, Jessie llevó un buen desayuno al dormitorio de su tía. La anciana empezó a comer y la muchacha se sentó junto a la cama.

—Echamos de menos a Henry y Benny, tía Jane —dijo—. ¿No podríamos pedirles que vinieran a pasar unos días? Seguro que el abuelo les da permiso si tú estás de acuerdo.

—Bueno, puedo acceder a eso. —La señora Alden levantó la vista del plato—. Pero no quiero ver a James. ¡Ténganlo en cuenta!

—El abuelo es encantador una vez que llegas a conocerlo.

—¡Ja! Que no se te olvide que lo conozco desde hace mucho más que tú. Si esos dos muchachos han salido a él, se volverán derechito a su casa.

A Jessie le dio pena oír hablar así a su tía. No contestó. Fue lo mejor que pudo haber hecho, porque entonces la señora Alden, que empezaba a enternecerse con las sonrisas de aquellas dos caritas, se preguntó qué podía hacer para que su sobrina volviera a estar contenta.

—Dile a Benny que traiga a su perro —propuso.

Menuda sonrisa se dibujó en la cara de Jessie, que no le aclaró que Guardián no era de Benny, sino suyo.

—¡Ay, qué maravilla! —dijo—. ¡Le encantará este rancho! Y no dejaremos que entre en tu habitación, te lo prometo.

—Bueno, no me lo prometas. Me gusta que

los perros entren en mi cuarto si se portan bien.

—Guardián es buenísimo. Una vez nos salvó la vida.

Como todos los días, las chicas fueron a la estación a mandar el telegrama. Al día siguiente ya tenían una respuesta de Benny. Decía: "Henry y yo llegaremos en el mismo tren que ustedes. Con Guardián. Les llevamos más ropa. Besos a la tía Jane. Benny".

¡Qué familia tan feliz formaban los cuatro hermanos cuando entraron en la cocina de la tía Jane!

—Violet, llévalos antes que nada a ver a la tía—propuso Jessie, agarrando al perro de la correa—. Yo me quedo aquí con Guardián.

Los chicos siguieron a la menor de las hermanas. La tía Jane estaba prácticamente sentada, apoyada en las almohadas. Sus ojos azules brillaban con intensidad.

—Hola, tía Jane —saludó Benny, y fue hasta la cama—. Soy Benny. ¡Qué viejecita tan guapa eres!

El comentario la tomó por sorpresa y a punto estuvo de sonreír.

—Y supongo que tú eres Henry—se limitó a decir.

—Sí. Sentimos mucho que estés enferma —respondió el muchacho, que no sabía muy bien qué decirle a aquella señora.

—¿Quién dice que estoy enferma? Por cierto, no se parecen nada a su abuelo, eso está claro.

—No, me temo que no —dijo Henry.

—No hay que disculparse —replicó la tía Jane—. Me alegro de que no hayan salido a él. ¿Y dónde está ese perro del que tanto he oído hablar?

—Jessie, trae a Guardián —pidió Henry.

Todos observaron atentamente lo que hacía el animal, que se dirigió a la cama y miró a la anciana. Luego se sentó y levantó una patita.

—¡Quiere darte la mano! —exclamó Benny, entusiasmado—. ¡Dásela, tía Jane! Si no, se molestará.

Por un momento, los chicos creyeron que la tía estaba enfadada, pero se sorprendieron, porque la anciana se echó hacia delante y le estrechó la pata.

—Eres muy bueno —lo felicitó, y volvió a tumbarse.

Guardián echó la cabeza hacia atrás y miró a Jessie con la boca abierta.

—¡Ay, tía, se ríe! —gritó Benny—. ¡Le caes bien!

—Bueno, bueno. Me alegro de caerle bien al perro, al menos. Ahora váyanse a cenar. Y cierren la puerta al salir. Tantas emociones me cansaron mucho.

Los hermanos regresaron a la cocina y se sentaron en torno a la mesa para charlar.

—¿Verdad que la tía Jane es muy curiosa? —preguntó Jessie.

—Desde luego —admitió Henry—, pero me cae bien.

—Adivinen qué se me ocurrió —dijo entonces Jessie—. De todos nosotros, ¿quién contribuirá más a que la tía se ponga bien?

Y tres voces contestaron al unísono:

—¡Guardián!

Capítulo 8

La enfermera de la tía Jane

Al día siguiente la tía Jane se despertó de mal humor. Los dos chicos se fueron encantados a conocer el rancho en cuanto vieron lo antipática que había amanecido.

—Vamos, Jane —oyeron las chicas decir a Maggie—. Deje que le lave las manos y la cara.

—¡No! —fue su brusca respuesta.

Guardián miró la puerta y levantó una oreja.

—No sé qué hacer con usted —gritó Maggie—. No desayuna. No permite que la lave. No puedo cambiarle las sábanas. ¿Qué quiere que haga? ¿Le abro la ventana?

—No. Ya hace demasiado frío en esta habitación —replicó la tía Jane.

—Pero si hace un minuto me dijo que hacía demasiado calor.

—Bueno, pues eso fue hace un minuto.

—Ay, pobre de mí —exclamó Maggie.

Las chicas se miraron. El perro se levantó y clavó los ojos en la puerta. Violet metió el último montón de platos en el armario. De repente Maggie salió del dormitorio y cerró la puerta tras de sí. Estaba a punto de llorar.

—Chicas, hoy no consigo hacer nada con su tía. Antes de que vinieran, se pasaba todos los días así, pero creía que estaba cambiando, de verdad.

—¿Y qué me diría a mí si entrara a verla? —preguntó Violet—. Me gustaría intentarlo.

—¿Estás segura? —dijo Jessie—. A lo mejor hoy está de mal humor con todo el mundo.

—Me da igual, Jessie —respondió su hermana—. No pienso molestarme.

—¡Pues claro que te molestarás si te dice algo desagradable! Y yo también.

—Da igual, me gustaría intentarlo —

insistió Violet—. Denme el jabón.

Y entonces llamó con suavidad a la puerta del dormitorio.

—Soy Violet, tía. ¿Puedo pasar?

—Está bien. Adelante.

La niña entró en silencio y puso unos periódicos en la silla que había junto a la cama. Encima colocó la gran palangana y la llenó de agua caliente.

—Qué calor hace hoy —dijo, con amabilidad—. Yo creo que el agua caliente refresca, ¿tú no?

—Bueno, puede ser —respondió la tía Jane, mirando a la linda niñita.

—Yo también he estado enferma muchas veces. Y eso me lo dijo una de mis enfermeras.

Violet agarró una de las flacas manitas de su tía y la lavó con cuidado con agua y jabón. Luego la secó con una toalla mullida.

—Cuando alguien de la familia se pone mal, lo cuido yo —añadió—. De mayor quiero ser enfermera.

Luego pasó a la otra mano y le echó el pelo cano hacia atrás para lavarle la cara. Se la estaba secando cuando entró Guardián muy

despacito, meneando la cola. La tía Jane se quedó mirándolo.

—Hoy no tengo ganas de jugar contigo —dijo—. ¡Vuelve a la cocina ahora mismo!

Sin hacer el más mínimo ruido, el animal dio media vuelta, pero a los pocos pasos miró a Violet.

—Eres muy bueno, Guardián —aseguró la niña— y te quiero mucho, pero la tía Jane te dijo que volvieras a la cocina.

El pobrecito las miró a las dos y se alejó muy triste. Ya no meneaba la cola.

—¡Olvídalo! —exclamó la anciana—. ¡Vuelve! Puedes quedarte. Jamás había visto a un perro tan obediente. Ven aquí si quieres.

Guardián casi cruzó la habitación de un salto y plantó las dos patas delanteras en la sábana blanca.

—¡No! —dijo Violet.

—¡Sí! —dijo la tía Jane.

—En casa nunca dejamos que se suba a la cama —apuntó la niña en voz baja.

—Pues yo siempre dejé que mis perros se tumbaran encima de las sábanas —respondió la anciana.

Guardián miró primero a una y luego a la otra.

—¡Arriba! —ordenó la tía Jane.

Guardián pegó un brinco y aterrizó al otro lado de la viejecita. Se echó y apoyó la cabeza sobre las patas. No sabía si se había portado bien o no, y no apartaba los ojos de Violet.

La niña vio que su tía le sonreía al animal y no tuvo ninguna duda de que sí, se había portado bien.

Capítulo 9

Las piedras amarillas

Los hermanos estaban muy contentos de haberse reencontrado. Cada día que pasaba, la tía Jane se mostraba de mejor humor.

Una mañana Jessie oyó que la llamaba.

—Quiero verlos a los cuatro —le dijo—. Trae a los otros tres antes de que vuelva a cansarme.

Al cabo de pocos minutos, los niños estaban ya sentados en el dormitorio de su tía abuela. Guardián se había tumbado a los pies de Jessie y había colocado la cabeza sobre las patas. Solo movía los ojos. Aparte de eso, estaba completamente quieto.

—Ahora quiero que escuchen con atención —dijo la tía Jane, mirándolos a todos uno por uno—. Lo que tengo que decir es muy importante.

Como los chicos no podían estar más callados, se limitaron a esperar a que continuara.

—Voy a regalarles este rancho a ustedes. ¡No, no digan nada! Son los únicos parientes que tengo. Parecen buenos chicos y se han portado bien conmigo.

Los hermanos estaban tan sorprendidos que no podían contestar.

—Ya sé que son demasiado jóvenes para llevarlo ustedes solos —continuó la tía—, así que voy a recurrir a Sam Weeks, quien será el capataz. El señor Pond, que se ocupa de mis asuntos, dice que así no habrá problemas. ¿Y bien? ¿Qué les parece?

El primero en hablar fue Henry:

—¡Estamos tan sorprendidos que nos cuesta decir una sola palabra, tía Jane! ¡Es maravilloso!

Guardián se levantó y se acercó a la cama.

Se sentó y extendió una pata. La tía Jane la agarró y comentó:

—Ya veo que a ti te parece buena idea. Si lo dice Guardián, seguro que es verdad. —Lo acarició y continuó—: Son ustedes dueños del rancho desde este momento. Solo tengo que firmar cuando el señor Pond traiga los papeles. Quiero que mi rancho sea de alguien que lo aprecie, por eso no quise vendérselo a esos tres hombres.

Los cuatro hermanos le dieron las gracias en voz baja y salieron de la habitación.

—Lo único que no me gusta de todo esto es el abuelo —dijo Benny, y se tumbó en la hierba.

—No te salió bien la frase, pequeñín —contestó Henry—, pero sabemos lo que querías decir: el abuelo queda apartado.

—Yo creo que un día la tía Jane se reconciliará con él —aseguró Violet—. Y él con ella.

—Eso espero —añadió Jessie.

Allí sentados en la hierba, contemplaron su rancho. El camino de acceso conducía a la puerta de atrás. Pasaba junto al molino y el establo y volvía a salir a la carretera. Desde allí se veían bosques y montañas, y también el largo corral de las gallinas.

—¿Quiénes eran esos hombres de los que habló la tía? —preguntó Henry.

—Un día, cuando fuimos a comprar —respondió Violet—, vinieron tres señores y le pidieron que les vendiera el rancho.

—Seguramente le hará falta dinero —dijo Henry—, pero me alegro de que nos lo haya regalado a nosotros en vez de venderlo. Espero que no se arrepienta.

—Yo creo que habría que explorarlo ahora mismo —intervino Benny, muy reflexivo—. Si el rancho es nuestro, debemos saber todo lo que hay dentro.

—Bueno, podríamos salir a explorarlo hoy —dijo Jessie—. Vamos a preguntarle a la tía Jane adónde ir.

La antipática ancianita se alegró mucho cuando los chicos le pidieron consejo para salir de paseo. Hacía años que nadie le pedía su opinión.

—Lo más importante es que no se pierdan. Pasen por delante del gallinero y llegarán a

un bosque. Si lo cruzan, saldrán a un campo abierto. Allí hay un arroyo. Síganlo y volverán a casa.

—Creo que deberíamos llevarnos el almuerzo, ¿verdad tía? —apuntó Benny.

—Desde luego —contestó ella, tratando de contener una sonrisa.

Hacía mucho calor bajo el sol. Los chicos pasaron delante del gallinero y se metieron en el bosque verde y refrescante.

—Es un lugar precioso —dijo Henry.

—Un lugar ideal para almorzar —agregó Benny.

Los demás se rieron, pero la verdad era que también tenían hambre. Encontraron un sitio muy tranquilo y fresco donde sentarse. Jessie estaba acabándose el sándwich cuando, de repente, se quedó quieta.

—¡Mira, Henry! —susurró, señalando unos arbustos que no estaban muy lejos—. Ahí hay una choza.

Su hermano se levantó de golpe.

—La puerta está abierta —dijo—. Parece vacía.

Se acercaron todos lentamente. Dentro no había nada, pero sí vieron unas piedras colocadas en el exterior, casi ocultas entre la vegetación, como para hacer un fuego. Henry bajó la mano y tocó una. Guardián la olisqueó y meneó la cola.

—Bueno, vámonos —propuso Henry—. Parece que alguien encendió aquí un fuego, y no hace mucho.

Los chicos siguieron adelante más deprisa. Al poco rato llegaron a un gran campo lleno de piedras de distintos tamaños.

—Aquí no hay hierba —observó Benny—. La tierra de este campo no debe de ser muy buena.

—Pero es precioso —contestó Violet—. Miren las rayas amarillas y negras de esas rocas.

—Estas piedrecitas también son amarillas —dijo Jessie, y cogió un puñado. Una se le cayó y se deshizo en un polvillo.

—Parece que están hechas de arena amarilla —comentó Henry—. ¡Qué curioso!

Capítulo 10

Un buen regalo

Cuando Sam llegó con la leche al día siguiente, se sorprendió al encontrar a los cuatro chicos en los escalones de la puerta de atrás, esperándolo.

—¡Vaya! ¡Qué madrugadores! —exclamó—. ¿Por qué se levantaron tan temprano?

—Queríamos verte, Sam —dijo Henry.

—Pues aquí estoy, pero tampoco hay mucho que ver —rió Sam.

—No es verdad —respondió Benny—. Yo creo que eres muy simpático. Además, en realidad lo que queremos es hablar contigo.

—Esperen a que dé de comer a las gallinas y me siento encantado a charlar con ustedes.

Lo acompañaron al gallinero a ver cómo trabajaba.

—Queremos saber cómo haces las cosas —dijo Jessie—. Enséñanos, por favor.

Sam les mostró cómo daba de comer a las gallinas, cómo les ponía agua y cómo recogía los huevos. Poco tiempo después ya estaban todos sentados en unas cajas a la puerta del establo.

—La tía Jane nos contó que va a regalarnos el rancho —anunció entonces Henry.

—¿Que va a regalárselo a ustedes? —exclamó Sam. Le costaba creerlo—. Pero si son demasiado jóvenes para tener un rancho.

—El señor Pond dice que no, si tú nos haces de capataz —dijo Benny.

—¿El señor Pond? ¿Estuvo aquí?

—No, pero escribió cartas a la tía Jane —explico Henry—. Según ella, sabe de estas cosas.

—Debería. Pero aun así me cuesta creerlo. —Sam movió la cabeza de un lado a otro—. En fin, a mí me gustaría tener la oportunidad de arreglar todo esto. Si tuviéramos dinero,

podría montar un buen negocio de venta de huevos para ustedes. —Se calló y volvió a negar con la cabeza—. Pero insisto en que me parece increíble.

—Pues tendrás que creértelo, Sam —contestó Henry—. La tía dijo que ya es nuestro. Solo falta firmar los papeles.

Sam arrancó una brizna de hierba y la masticó. Aquella extraña noticia no le había hecho gracia.

—¿Qué haríamos después de empezar el negocio de los huevos? —preguntó Jessie.

—Bueno, yo plantaría trigo. En este rancho hay unas doscientas hectáreas donde podría cultivarse.

—¿La finca es muy grande? —preguntó Henry.

—Los campos llegan lejos, hasta las montañas. Su tía es la propietaria de todas esas tierras.

—En ningún momento se nos ocurrió que pudiera suceder una cosa así cuando decidimos venir a ver a la tía Jane —aseguró Jessie.

Los chicos y Sam se quedaron contemplando aquella gran propiedad que pronto iba a pasar a sus manos.

—¡Hay otra sorpresa! —dijo él al poco rato—. ¡Vi a su hombre misterioso!

—Ay, ¿y dónde está? —preguntó Jessie.

—Sigue en el pueblo, pero nadie sabe por qué. En Centerville nunca tenemos forasteros, así que todo el mundo quiere saber qué hace aquí.

—¿Y no hay policía en Centerville? —preguntó Henry—. Habría que vigilar a ese individuo.

—Huy, no, Henry —se apresuró a decir Jessie—. ¡Si lo vieras, no dirías eso!

—Bueno, aquí nunca ha habido policía —

aclaró Sam—. No nos hace falta. Sí que hay un comisario en Stony Creek, el pueblo más cercano. Se llama Bates.

—¡Miren lo que viene por ahí! —dijo Benny—. ¡Un carro!

—Pero ¡si es el señor Pond! ¡Vaya! —exclamó Sam—. Esa historia que me contaron debe de ser cierta.

—Desde luego, el señor Pond llega muy pronto —opinó Jessie, riéndose—. Si aún no hemos desayunado.

Guardián se levantó y se quedó quieto, mirando al desconocido. Luego empezó a menear la cola un poquito.

—¡Buenos días, Sam! —saludó el señor Pond.

Se acercó tranquilamente al establo. Guardián no ladró, sino que se acercó despacito al recién llegado, meneando la cola cada vez más.

—¡Hola, chico! ¿Cómo te llamas? —le preguntó el señor Pond—. ¿Te portas bien?

—Se llama Guardián y se porta muy bien —informó Benny—, pero casi siempre ladra cuando no conoce a alguien.

—Bueno, a mí no me ladres, amiguito. —El señor Pond lo acarició y luego miró a los niños con una amplia sonrisa—. Su tía me pidió que viniera. ¿Por qué no entramos y damos por finalizado este asunto? Venga usted también, Sam. A la señora Jane no le gusta aguardar cuando ha tomado una decisión.

—¿Le importa esperar un momento, señor Pond? —pidió Henry—. Queremos hablar con usted antes de ver a la tía Jane.

—Tú debes de ser Henry.

—Sí, señor. El mismo. Nos encantaría quedarnos con el rancho, pero es todo lo que tiene la tía Jane, y no queremos quitárselo. ¿Lo comprende?

—Me parece muy bien —respondió el señor Pond, asintiendo—. Puedo solucionarlo fácilmente. Basta con añadir una frase que diga que el dinero que saquen del rancho se utilizará para cuidar a su tía mientras viva. ¿A eso te refieres?

—Sí, así nos sentiremos mejor —confirmó Jessie—. Por supuesto, el dinero sería para ella de todos modos, pero está bien ponerlo por escrito.

Se acercaron a la casa, donde los recibió Maggie en la puerta.

—Me alegro de verlo, señor Pond —saludó—. Jane es incapaz de esperar ni un momento cuando quiere algo. No deja de preguntar por qué no ha llegado todavía.

—No tardaremos mucho —la tranquilizó él con una sonrisa afectuosa—. Llevo todos los papeles aquí conmigo. Solo tengo que añadir otra frase que me pidió Henry.

Según lo prometido, no tardaron mucho. La tía Jane firmó primero y los cuatro chicos después. Sam a continuación y finalmente el señor Pond.

En cuestión de diez minutos, los hermanos Alden pasaron a ser los dueños del rancho, y Sam Weeks, el capataz.

—Qué curioso lo que se consigue con solo escribir tu nombre en un papel —comentó Benny.

—Ja, ja, ja. Solo con eso se llevaron ustedes quinientas veinte hectáreas de terreno y un gran rancho —informó el señor Pond.

—Y también una choza —añadió Benny— donde vivía alguien.

—¿Qué? ¿Qué dijiste? —se sorprendió la tía Jane—. No sabía que hubiera una choza en mis tierras.

—No queríamos preocuparte —intervino Henry—, pero sí, encontramos una choza en el bosque. Y nos pareció que habían encendido un fuego.

—Aunque no vimos a nadie —dijo Jessie.

El señor Pond se puso muy serio, pero luego sonrió y afirmó:

—Seguro que no hay que inquietarse. Y ahora desayunen ustedes con calma, que yo voy a hablar con Sam.

Los dos hombres salieron y se quedaron un buen rato al lado del carro, conversando, mientras Jessie preparaba el desayuno. De haberlos oído, la muchacha se habría sorprendido. Y también se habría interesado. Y es que no hablaban del rancho, sino del individuo del tren y de la choza del bosque.

Jessie sirvió una bandeja y se la llevó a su tía. En esa ocasión no le pidió que comiera, sino que sencillamente la dejó delante de la anciana, que devoró el tocino, las tostadas y el huevo sin rechistar.

—Tía —dijo Jessie—, no te arrepentirás de habernos regalado tu rancho. Nos encanta. Vamos a cuidarlo. Y a ti te queremos mucho y también te cuidaremos siempre, incluso cuando hayamos vuelto a casa.

La tía Jane suspiró. Nadie se había ofrecido jamás a cuidarla. Parecía muy feliz.

—Ahora me siento a salvo —confesó—. Sé que alguien que aprecia mucho mi rancho se encargará de él.

Capítulo 11

Una visita a la choza

Aquella noche Henry no durmió muy bien. No dejaba de pensar en los hombres que habían tratado de comprar el rancho de la tía Jane. Decidió hablar con Jessie a solas.

Sin embargo, a los dos hermanos mayores no les resultó fácil alejarse de Benny, que primero quiso hacer una cosa y luego otra. Al final decidió entrar en el establo a ver al caballo.

—Al fin y al cabo, es nuestro —recordó—. Tendríamos que ir conociéndolo.

Guardián se puso a ladrar en cuando Violet lo dejó salir por la puerta de atrás.

—¡Ladra todo lo que quieras, Guardiancito! —dijo Benny—. No te oye nadie. ¡Y yo también pienso gritar!

Tras un par de alaridos, el pequeño de la familia echó a andar hacia el establo. Lo siguieron todos sus hermanos. Guardián empezó a dar vueltas por fuera, en busca de ratones. Dentro, el caballo negro los miró atentamente.

—¿Cómo se llama nuestro caballo? —preguntó Benny.

—Según Maggie, no tiene nombre— contestó Jessie—. Lo llama "Caballito", sin más.

—"Caballito" no me gusta mucho —replicó él—. Vamos a llamarlo "Bola de Nieve".

Todo el mundo se echó a reír. ¡Aquel caballo viejo y flacucho era negro como el carbón! Sin embargo, desde aquel día Caballito se convirtió en Bola de Nieve.

—Ven, Guardián. Vamos arriba, donde está el heno —propuso Benny por fin—. ¡A lo mejor encuentras una rata!

Violet salió detrás de Benny, de forma que Henry encontró su oportunidad y guiñó un ojo a Jessie. Salieron juntos de inmediato.

—Mira, Jessie —susurró Henry—, no me gusta la idea de que unos desconocidos molesten a la tía Jane.

—A mí tampoco. Por lo visto le dijeron que el rancho no valía nada, que solamente había cuatro gallinas y un caballo viejo.

—Pero ¡bueno! Si no vale nada, ¿por qué quieren comprarlo? Creo que tengo que intervenir.

—Cuéntaselo a Sam —aconsejó Jessie.

—Voy a hacer algo más. Voy a decirle a Sam que avise al señor Pond, que al parecer lo sabe todo.

Después de informar de sus preocupaciones al capataz, Henry y Jessie se sintieron mejor. Se alegraron cuando vieron que salía de inmediato para la casa del señor Pond.

Al cabo de un poco rato apareció el carro del señor Pond. Sam iba a su lado. Los dos estaban muy serios.

—Queremos ver esa choza del bosque —dijo el señor Pond—. ¿Nos acompañan?

—Por supuesto —dijo Henry—. Sabemos exactamente dónde está.

—Vamos todos —exclamó Benny.

Jessie entró en el salón para avisar a Maggie.

—No le cuentes a la tía que vamos a la choza. Se preocupará. Dile simplemente que hemos salido a dar un paseo. Regresaremos a tiempo para cenar.

Jessie vio que los demás ya estaban a medio camino del gallinero y aceleró el paso para alcanzarlos. Anduvieron más deprisa que la otra vez, porque sabían exactamente adónde iban. Llegaron enseguida a la choza.

—Ahora no hagan ruido —susurró Sam—. Hay que descubrir si hay alguien dentro.

Los chicos se sentaron en el bosque.

—¿Ven algo distinto en la choza? —preguntó en voz baja el señor Pond.

—Sí —murmuró Henry—. Hay leña donde encendieron el fuego. La otra vez no había.

Se quedaron quietos durante un buen rato. No oyeron nada ni vieron nada nuevo.

—Bueno —dijo por fin el señor Pond—, podríamos pasarnos el día aquí sentados para nada. Vamos a ver esa choza más de cerca.

Se aproximaron. Sam tocó las piedras con la mano.

—¡Están calientes! —exclamó.

Todos las tocaron. Sí, estaban muy calientes. No hacía demasiado tiempo que se había apagado el fuego.

—Está claro que alguien se ha instalado aquí —afirmó el señor Pond. Parecía preocupado.

—¿Crees que es tu hombre misterioso? —preguntó Benny a Jessie.

—¡No, madre mía! Es muy educado, no me lo imagino viviendo en una choza en una propiedad ajena.

Entonces salieron del bosque y llegaron al campo lleno de rocas.

—¿No son curiosas? —observó Violet—. Yo nunca había visto piedras tan amarillas. ¡Y miren esas rayas negras que tienen!

—Como de tigre —apuntó Benny.

Henry volvió a mirarlas. Estaba muy pensativo.

—No sé a qué me recuerdan —dijo, para sí—. Hum, amarillo con rayas negras...He visto algo así en alguna parte...

—¿Usted sabe cómo se llaman estas piedras amarillas, señor Pond? —preguntó Violet, y agarró una para dársela.

—No, no sé mucho de piedras —reconoció—. Con estas de color amarillento se consigue un polvillo fino. Sé que hace mucho tiempo los indios lo utilizaban en sus pinturas de arena.

—¿Pinturas de arena? —preguntó Benny—. No lo había oído nunca.

—Son muy interesantes —dijo el señor Pond—. Y muy lindas. Los indios tomaban arena de todos los colores: azul, verde, rojo, amarillo negro, marrón. Buscaban una superficie plana y luego la pintaban. Ponían los distintos colores donde tocaba. Hacían el sol bien redondo. Así.

Entonces dibujó un gran sol amarillo en el suelo, para enseñar a Benny cómo se hacía.

—¿Cree que ahora hay muchas pinturas de arena en nuestras tierras? —quiso saber el pequeño, ilusionado.

—No. —El señor Pond sonrió—. Hace muchos años que no hay indios por aquí.

—Yo preferiría que hubiera indios antes que quien sea que se ha instalado en esa choza —aseguró Jessie.

—Estoy de acuerdo, pero no se preocupen.

Mañana iremos a Stony Creek e informaremos al comisario Bates —dijo el señor Pond, y miró de reojo a Henry, que comprendió que, además, pensaba contarle unas cuantas cosas más.

Capítulo 12

El hombre misterioso

A la mañana siguiente los cuatro hermanos Alden subieron al carro del señor Pond, que había ido para llevarlos a Stony Creek. Se dirigían a ver al comisario de la policía, el señor Bates.

El señor Pond estaba muy callado. Le preocupaban aquellos chicos tan buenos. Les había cogido cariño, aunque hacía poco que los conocía. Y también le preocupaba Jane Alden, a la que hacía muchos años que conocía. Sabía perfectamente que siempre estaba de mal humor y que costaba tratar con ella, pero le daba pena. No quería que ninguno de los cinco lo pasara mal por culpa de los tres desconocidos. Aparcaron el carro delante del juzgado de Stony Creek.

—Pasen —dijo el comisario Bates—. Me alegro de que vinieran. No suelo tener tanta compañía.

—Hola, Bates —saludó el señor Pond—. Le presento a los hermanos Alden.

—Ya me había imaginado que se trataba de ellos.

El comisario los hizo pasar a una salita y cerró la puerta. Todos se sentaron.

—Bueno, ¿qué los trae por aquí?

—Vinimos a verlo por un asunto policial —empezó el señor Pond—. Sucede algo raro en el bosque de los Alden. Al parecer, alguien se instaló en una antigua choza.

El comisario Bates no pareció sorprenderse. Dejó terminar al señor Pond.

—Y eso no es todo —continuó este—. Tres desconocidos trataron de convencer a Jane Alden de que vendiera el rancho. Le dijeron que no valía nada. Pero, oiga, Bates, se comporta usted como si supiera algo. ¿Qué piensa de todo esto?

El comisario Bates sonreía.

—Tal vez no tengan que seguir preocupándose por esos hombres —dijo—. Y tampoco creo que nadie vuelva a ocupar esa choza. Pero prefiero esperar y que se lo cuente todo el señor Carter.

—¿El señor Carter? ¿Y ese quién es? —preguntó Benny.

—Es un hombre muy importante —afirmó el comisario, sin dejar de sonreír—. Por ahí llega.

Se detuvo un carro junto al del señor Pond y de él bajó un atractivo joven. Era alto. Tenía el pelo castaño y fino. Cuando entró por la puerta, Jessie y Violet se quedaron mirándolo con la boca abierta. Luego se miraron la una a la otra.

Jessie apenas podía hablar.

—Ay, Violet —susurró—. ¡Nuestro hombre misterioso!

—¿Se sorprendieron? —preguntó el señor Carter, riendo.

—Desde luego —dijo Benny—. Creíamos que podía ser malo. Bueno, el que lo creía era Henry, la verdad.

—¡Benny! —lo regañó su hermano, ruborizándose—. No lo creía de verdad, señor Carter, pero me parecía que la policía debía… Bueno, era usted forastero y…

—No te preocupes, Henry —dijo el hombre misterioso, sonriendo de nuevo—. Actuaste con inteligencia.

—Pero, si no es usted malo, ¿quién es? —preguntó Benny.

—Bueno, trabajaba para ustedes, pero no lo sabían.

—¿Para nosotros? —se sorprendió Benny—. No parece usted vaquero.

—Hay muchas formas de trabajar. Y una de ellas es buscar uranio.

—¡Uranio! —repitió Jessie, que por fin había recuperado la voz.

—Sí —contestó el señor Carter—. Mi trabajo es buscar uranio. Y encontré un campo en los terrenos de su rancho.

—¿Quiere decir que toda esa arena india en realidad es uranio? —preguntó Violet.

—Sin ninguna duda —aseguró el señor Carter, mirando las caras sorprendidas que lo rodeaban.

—Pero ¿por qué buscaba por allí? —preguntó Violet—. ¿Y quiénes eran esos tres matones?

—Trabajo para alguien que quizá les suene: el señor Alden de Greenfield.

—¡El abuelo! —exclamaron los chicos.

—Sí. El señor Alden me contrató para buscar uranio. En esta parte del país hay mucho. Sin embargo, cuando lo descubrí en el rancho descubrí también que alguien se me había adelantado.

—¡Esos tres hombres! —dijo Henry.

—Exacto. También buscaban uranio. Pero no son honrados: una vez que lo encuentran, tratan de comprar las tierras por poco dinero. No les cuentan a los propietarios lo que han descubierto.

—Es lo que trataron de hacernos a nosotros —comprendió Violet.

—Sí, pero el comisario Bates y yo los descubrimos —siguió el señor Carter—. No volverán a molestarlos.

—¿Los que dormían en esa choza del rancho eran ellos? —preguntó Jessie.

—Sí, pero yo los vigilaba. Ustedes no corrieron peligro en ningún momento.

Entonces intervino Henry, con voz pausada:

—Eso quiere decir que el rancho vale mucho dinero, ¿verdad?

—Desde luego que sí.

—¡Qué ganas de decírselo a la tía Jane! —exclamó Benny.

—¿Podemos contarlo? —preguntó Henry.

—Supongo —respondió el señor Carter—. Ya no es un secreto. Mucho me temo que el rancho no seguirá en calma durante mucho tiempo. Pronto se llenará de gente. Puede que algunos traten de llevarse piedras de sus campos de uranio.

Parecía preocupado por primera vez desde que había entrado por la puerta.

—¿Qué podemos hacer? —preguntó Jessie—. Sería muy mala idea molestar a la tía Jane ahora que se encuentra mejor.

—¿Usted puede echar una mano, señor Pond? —preguntó el señor Carter.

—No, me temo que no. Me queda grande. Creo que los chicos necesitan a alguien más listo que yo. Y también con bastante dinero para excavar una mina.

—Creo que conozco a la persona ideal —dijo Henry.

—¡El abuelo! —exclamaron los cuatro hermanos al unísono.

Capítulo 13

Mucha prisa

—Creo que a su abuelo le encantará ayudar. Puedo ir yo mismo a Greenfield a contárselo todo —propuso el señor Carter. Miró la hora y se levantó enseguida—. Adiós, muchachos. Les deseo mucha suerte.

Y se marchó poco después.

—¿Los hombres misteriosos se dan mucha prisa, ¿verdad? —dijo Benny.

—Solo hay un problema —apuntó Henry—. La tía Jane no quería que el abuelo pisara su rancho. Puede que se enfade si viene a ayudarnos.

—¡Bueno, y a lo mejor se alegra mucho! —rió el señor Pond—. Si viene, tendría que agradecérselo. Cuando la gente empiece a meterse en sus terrenos, no le hará ninguna gracia.

Los chicos no abrieron la boca durante el camino de regreso. Iban pensando en la mejor forma de darle la noticia a la tía Jane.

—Mejor no preocuparse. Al final siempre nos sale todo bien —dijo Violet por fin.

Los hermanos iban a llevarse una buena sorpresa.

Guardián los recibió en la puerta, ladrando y meneando la cola. En la cocina, Maggie sonreía. ¡Y la tía Jane estaba sonriente en el salón! Se había vestido y se había sentado en su sofá. Los chicos jamás la habían visto arreglada.

—¡Querida tía Jane! —exclamó Violet—. ¡Te levantaste y te pusiste un vestido! Es la mayor alegría de mi vida.

Se inclinó y le dio un beso. La anciana se sorprendió, pero se alegró mucho de aquel gesto.

—Voy a traer la mesa de la cocina —anunció Henry.

—¿Por qué no comemos en esta de aquí?

—Pero, tía, si es tu mejor mesa —recordó Jessie.

—Ahora es de ustedes, no lo olviden. Me gustaría utilizar esta mesa, si les parece.

Aquella noche fue una familia feliz la que se sentó a cenar.

—Y, ahora, cuéntenme todo lo que sucedió en Stony Creek —pidió por fin la tía Jane.

Por turnos, sus sobrinos se lo contaron todo. Le dijeron lo estupendo que era el hombre misterioso. Y apenas mencionaron a los tres matones, porque no querían asustarla.

—Además, ya los detuvieron —dijo Benny—, así que no darán más problemas.

Se lo habían contado todo menos una cosa: lo del abuelo.

—Ah, el señor Carter dice que se acabó la tranquilidad —añadió Benny—, que vendrá mucha gente a ver el uranio. Y que puede que algunos se lleven piedras.

La tía Jane asintió.

—¿Qué cree que debemos hacer? —preguntó.

—Dice que no podemos ocuparnos nosotros

solos —respondió Henry—. Necesitamos ayuda de alguien importante que pueda intervenir a lo grande y que tenga dinero suficiente para excavar una mina.

—Yo sé de un hombre capaz de hacerlo —dijo la tía Jane muy despacio—. Mi hermano, James.

Durante unos instantes, los chicos fueron incapaces de decir nada. Al final Jessie exclamó:

—¡Sí, es verdad, tía Jane!

—Pero no sé si querrá hacerlo —reconoció la anciana—, después de cómo lo he tratado.

—Seguro que sí —respondió la muchacha, emocionada.

—Bueno, eso espero. No podría soportar que cientos de personas invadieran mi rancho...Bueno, el rancho de ustedes. Voy a mandarle un telegrama.

—En ese caso, yo lo llevo a casa de Tom Young para que lo envíe esta misma noche —se ofreció Henry.

—Quieren mucho a su abuelo, ¿no es cierto? —preguntó la tía, mirándolos fijamente.

—Y a ti también —replicó Henry.

—Ve a traerme una hoja ahora mismo, muchacho, antes de que cambie de opinión.

Los chicos se quedaron en silencio mientras su tía escribía el telegrama. Temían que cambiara de idea en cualquier momento.

—Escuchen —dijo la anciana por fin—: "¿Quieres encargarte de toda la gestión de los campos de uranio, que ahora son propiedad de tus nietos? Por una vez, me alegro de que mandes tú. Los chicos y Guardián te mandan recuerdos. Jane."

—¡Perfecto! —exclamó Henry.

A la mañana siguiente, justo antes de desayunar, llegó el telegrama de respuesta. La tía Jane lo leyó en voz alta:

—"Encantado de encargarme de la gestión. No tendrás que verme. Decide cuánto terreno quieres quedarte para ti y construiremos una cerca alrededor. Mandaré vigilantes para la casa. James Alden."

—¡Vigilantes para esta casa! —exclamó Benny—. Qué emocionante, ¿no?

—¡Miren! ¡Ahí llega ya un carro! —dijo Jessie.

Iba lleno de operarios de la compañía

telefónica. Uno de ellos preguntó a la tía Jane con mucha educación dónde quería los teléfonos.

—¿Los teléfonos? —repitió Benny—. ¿Van a poner dos?

—Tenemos que instalar cuatro —contestó el señor—. Creo que no saben ustedes lo que se les viene encima.

—No, creo que no. Lo mejor va a ser que vaya al pueblo ahora mismo a llamar al abuelo. Puede que luego no tenga ocasión— dijo Henry, y se marchó con Guardián.

¡Qué estupendo fue charlar con el abuelo!

—A ver escúchame bien —dijo el señor Alden—. Mi hermana tiene que poder seguir viviendo en su rancho en paz y tranquilidad. Cuando encuentres el momento, consigue que decida dónde quiere la cerca. Así, siempre podrá hacer lo que quiera con el rancho en sí. ¿Entendido?

—Creo que sí. ¿Quieres decir que así podríamos seguir llevando el rancho?

—Exacto.

Henry se fijó en que el abuelo seguía hablando del rancho como si fuera de la tía

Jane. Y también sabía que tenía que ocuparse de inmediato del asunto de la cerca. Si el señor Alden decía "cuando encuentres el momento", quería decir "ahora mismo".

Regresó al rancho y se lo contó todo a su tía.

—El abuelo quiere que decidamos dónde hay que poner la cerca.

—Ya lo tengo claro. Ten, un plano del terreno. Marqué por dónde quiero que la coloquen —respondió la anciana. De repente se calló y aguzó el oído—. Ahí llega otro carro.

—¡Pobre tía Jane! —exclamó Jessie—. No podrás descansar nunca.

—El abuelo está en todo —dijo Benny.

En efecto, se trataba de los hombres enviados por el señor Alden para levantar la cerca. Henry se alegró de que la tía Jane hubiera sacado el plano a tiempo.

—¿Quieres que Henry te lleve a la cama, tía Jane? —propuso Jessie.

—No. Quiero que me ayude a sentarme ante la ventana de la cocina, para ver llegar los carros. Me gustaría verlo todo.

Henry la llevó a un sillón colocado al lado de la ventana.

—Qué prisa se da el abuelo, ¿verdad? —dijo Jessie.

—Siempre fue así —recordó la tía Jane—. Hubo un tiempo en el que me parecía que esas prisas eran excesivas, pero ya no. ¡Ahí llega otro carro!

—Es increíble —dijo Violet—. No vamos a poder hacer nada.

En ese momento entró Benny para dar una noticia. Estaba colorado de la emoción.

—¡Llegaron los vigilantes! —gritó—. No dejarán que la gente se pase el día llamando a la puerta para preguntarnos por el uranio. Dicen que nos cansaremos de todo esto. Yo creo que no. ¿Y tú, tía Jane?

—Yo aún no me cansé.

Capítulo 14

El jefe

—¡Eh! ¿Vieron ese carro? —exclamó Benny, mirando por la ventana.

Era largo y bajo. Estaba pintado de amarillo y de negro. De él bajó un hombre. Uno de los vigilantes hablo con él y asintió. El desconocido se acercó a la puerta de atrás y Henry la abrió.

—James Alden me pidió que viniera a ver a su hermana —anunció el señor.

—Pase —pidió Henry—. Esta es mi tía abuela.

El hombre sonrió a la ancianita.

—James Alden es uno de mis mejores amigos —dijo.

—Siéntese —ofreció la tía Jane con amabilidad—. Por lo visto, recibimos a todo el mundo en la cocina. Algún día puede que utilicemos la puerta delantera.

—A mí la cocina me basta y me sobra —contestó él, con una breve sonrisa—. Me llamo Gardner y me dedico a la minería. Me mandó su hermano para que me ocupara del campo de uranio.

—¿Usted es el jefe de todo? —preguntó Benny.

—Podría decirse que sí —contestó el señor Gardner.

—¿Y nos dejará mirar cuando excaven?

—Sí. Ahora hay ya algunos hombres excavando en su campo. ¿Quieren verlos?

—¡Claro que sí! —contestó Henry de inmediato.

Echaron a andar hacia allí.

—Fíjense bien en esa zona blanca de la montaña. Allí está el agujero —advirtió el señor Gardner.

Cuando llegaron allí, vieron dos vigilantes

al lado del agujero. Había dos hombres más en el agujero con largos palos en la mano.

—¡Son contadores Geiger! —exclamó Benny.

—Exacto —contestó el señor Gardner.

Los hombres lo oyeron y levantaron los ojos. Al ver de quién se trataba, uno de los dos salió del agujero.

—Buenos resultados, jefe —anunció—. ¿Quiere oírlo?

El señor Gardner escuchó.

—¡Muy bien! —dijo—. Hace ruido, ¿verdad? Que lo oigan los chicos. Al fin y al cabo, todo esto es suyo.

Benny se entusiasmó tanto que casi se cayó en el agujero.

—¡Cómo cruje! —observó.

—Aquí debe de haber mucho uranio —dijo Henry, al oír el ruido en el contador.

Cuando los chicos regresaron a la casa, la tía Jane estaba sentada junto a la ventana del salón.

—¿Fue divertido? —preguntó.

—¡Maravilloso! —contestó Benny—. Escuchamos el contador Geiger y hacía muchísimo ruido. Eso quiere decir que hay mucho uranio, tía.

—¿Ah, sí? Me alegro —dijo ella, y parecía muy contenta.

Aquella noche, después de cenar, los chicos dejaron a Violet a solas con la señora Alden.

—Tía —dijo la niña, que estaba cosiendo—, la verdad es que no entiendo por qué no dejaste que tu hermano te ayudara cuando te hacía falta dinero.

—Lo mejor será que te lo cuente todo —reconoció la tía Jane—. Nuestros padres se mudaron al este. Tu abuelo, que era muy joven, quería vender el rancho y abrir una fábrica.

—Empiezo a comprender.

—Me alegro de que alguien lo comprenda. A mí me encantaba el rancho, así que decidí quedarme. Sin embargo, no podía llevarlo, no sabía cómo. Tenía a veinte hombres a mis órdenes. Luego tuve que ir despidiéndolos, uno a uno. Al final ya solo quedó Sam. Vendí los caballos y el ganado. —La tía Jane hizo una pausa—. ¿Cómo iba a pedirle dinero a tu abuelo? Él desde el principio dijo que no era buena idea que me quedara aquí, y yo no quería dar mi brazo a torcer y reconocer que me había equivocado.

—Me alegro de que me lo hayas contado, tía. Ahora voy a ayudarte a acostarte.

Durante las siguientes semanas, todo pasó deprisa en el rancho Alden. Se excavó una mina. Una máquinas muy grandes trabajaban día y noche. Se construyeron casas para los operarios. Se abrieron tiendas en el pueblo. No se eliminó la parada en la estación, sino que pasó a haber cuatro trenes al día. Dos telefonistas se pasaban toda la jornada en el piso de arriba contestando llamadas. Y la tía Jane hizo un anuncio sorprendente.

—¡Quiero hacer una fiesta! —dijo.

—¿Una fiesta? —repitió Henry—. ¿Cuándo?

—La semana que viene cumplo años. Quiero una fiesta de cumpleaños.

—Nadie se organiza su propia fiesta de cumpleaños —dijo Henry—. Deja que organicemos todo nosotros.

—No —replicó la tía Jane—. Es mi fiesta. Y voy a pedirle al abuelo de ustedes que venga.

—¡Ay, qué alegría, tía! —exclamó Violet—.

Seguro que viene.

El deseo de los hermanos se había hecho realidad.

—¡Telefonéalo! —gritó Benny.

La tía Jane, con la cara muy sonrojada, llamó a su hermano.

—Hola, James —saludó, de buen humor—. Quiero que asistas a mi fiesta de cumpleaños.

—¡Ejem! —carraspeó el abuelo. Los chicos oían su voz grave—. Ten por seguro que iré, si tú quieres. Y te llevaré un regalo.

—No, no hace falta. Y perdóname por todo.

Los chicos se dieron cuenta de que el abuelo no sabía qué contestar.

—¡Bueno, bueno! —dijo finalmente—. ¡No hay nada que perdonar!

—Gracias, James.

El señor Gardner acompañó a los hermanos a esperar el tren del señor Alden la víspera del cumpleaños de la tía Jane.

¡Qué alboroto organizaron los chicos al verlo! Se pusieron a gritar todos a una. Se abalanzaron sobre él y le cogieron las maletas. Desde la puerta de la estación, Tom Young se reía.

—¡Lo echaban muchísimo de menos! —exclamó.

Subieron todos al carro del señor Gardner y volvieron al rancho.

La tía Jane estaba en el salón, sentada con la espalda muy erguida. Al llegar su hermano se dieron la mano.

—Me alegro de que hayas venido, James —dijo ella.

—Y yo de verte —contestó él—. No recordaba lo guapa que eres.

Era cierto. Al mirar a su tía los chicos vieron que estaba muy linda. Sus ojos azules resplandecían.

—Quiero hablar con Henry a solas —anunció el señor Alden.

Nieto y abuelo se fueron al cuarto de atrás. El señor Alden regresó solo. Los otros tres hermanos oyeron que Henry se marchaban en el carro del señor Gardner y se sorprendieron mucho.

—¿Adónde va Henry? —preguntó la tía Jane.

—Es un secreto —contestó el señor Alden, riendo.

Henry volvió al poco rato. Hizo un gesto de asentimiento al abuelo y dijo simplemente:

—Todo bien.

—¿Qué podrá ser? —preguntó Jessie—. ¿Cómo vamos a esperar hasta mañana?

Después de cenar, el abuelo dijo:

—Jane, tengo un plan. ¿Quieres oírlo?

—Sí —contestó su hermana—. Qué gracioso, ¿no? Antes nunca quería escucharte.

—Era demasiado mandón. Ahora me doy cuenta —reconoció él, y sonrió—. A mis nietos les entusiasma tu rancho, pero no pueden quedarse aquí todo el invierno.

—Sí, ya lo sé, James —respondió ella, entristecida.

—Quieren arreglar el otro lado de la casa para Sam y su mujer. Podemos abrir una puerta entre tu cuarto y el de al lado, donde puede instalarse Maggie. Así, estarás bien atendida todo el invierno.

—Es muy amable de tu parte haberte preocupado por mí —contestó la tía Jane, sonriendo con cariño a su hermano.

—Fue idea de los chicos —aseguró el señor Alden—. Han pensado arreglar los cuartos de arriba para ellos.

—Y pueden, por supuesto —dijo ella.

—Y ahora una última cosa —dijo el señor Alden, y miró a Jessie con una sonrisa en los ojos—. He oído hablar de tu hombre misterioso.

—No es mi hombre misterioso —contestó Jessie, riendo.

—Pero era simpático, ¿verdad?

—Ya no nos parece misterioso —intervino Violet—. A mí me gustaría volver a verlo algún día.

—Si alguien lo invita, podría venir mañana a la fiesta —replicó el abuelo.

—Por mí, muy bien —dijo la tía Jane—. No me importa tener a un hombre misterioso en mi fiesta de cumpleaños.

—¿Vendrá en avión? —preguntó Jessie.

—No. Ya está aquí. ¡Bajó del mismo tren que yo! —contestó el señor Alden.

—Y no lo vimos —comentó Benny.

—Bueno, un poco misterioso sí que sigue siendo, ¿no? —concluyó Violet.

Capítulo 15

La fiesta

—¡Es el hombre misterioso! —gritó Benny al día siguiente, al mirar por la ventana—. Espero que el vigilante lo deje pasar.

En efecto, era John Carter, el joven alto de pelo castaño y ojos marrones. Primero se acercó a la tía Jane y le agradeció la invitación. Luego se dirigió a todos los chicos como si estuviera encantado de verlos.

—Quiero enseñarle algo, Carter —dijo entonces el señor Alden—. Vengan también ustedes, niños. Vamos a ver la chimenea del otro lado de la casa.

—Yo no los acompaño —intervino la tía Jane, sonriendo—. Ya sé todo lo que hay que saber de esa chimenea.

Una vez en la otra cocina, el abuelo dijo:

—¿Ve las manchas amarillas y negras de la piedra, Carter?

—Pero ¡qué cosa tan curiosa! ¡Esta chimenea está hecha de uranio! Y también hay oro y plata.

—El oro y la plata no valen nada —informó el señor Alden—. Y, por supuesto, cuando la hicimos no habíamos oído hablar del uranio. Debe de ser la única chimenea del mundo hecha de mineral de uranio.

—¿Y es toda igual hasta arriba? —preguntó Benny.

—Ja, ja, ja. Sí, hasta arriba —contestó el abuelo—. Por fuera la dejamos al natural y dentro de casa la pulimos. ¡Mis padres y yo nos fuimos a vivir al este y dejamos aquí una chimenea hecha de uranio!

Regresaron todos al salón.

—Tía, ¿recuerdas que dijiste que en esta casa no había misterios? —preguntó Jessie—. Pues en cierto sentido esa chimenea era todo

un misterio.

—Entonces no lo sabía —reconoció ella.

—Tampoco sabíamos lo que había en los campos —recordó Benny—. Ni quién era el hombre misterioso. ¡Vamos a llamar a este sitio *El rancho del misterio*!

—¡Qué buen nombre! —afirmó el señor Carter—. Podrían pintarlo en un cartel y colgarlo a la entrada.

A las seis de la tarde empezó la fiesta de cumpleaños. Todo el mundo estaba emocionado. Guardián no dejaba de ladrar y nadie lo mandaba callar.

Habían vestido la mesa grande con un mantel de lino blanco y habían puesto ocho cubiertos y la mejor vajilla de la tía Jane. El pastel de cumpleaños tenía setenta velitas.

Una vez acabada la cena, la homenajeada dijo:

—Lleven los platos a la cocina y déjenlos allí. Ya los lavarán luego. ¡Ahora quiero abrir mis regalos!

Los chicos los habían hecho con sus propias manos y mucho cariño. Mientras contemplaban a su linda tía, Jessie pensó:

"¡Qué distinta es de aquella ancianita desvalida que no se levantaba de la cama! Me alegro mucho de que hayamos venido".

—¡Me encantan todos mis regalos, del primero al último! —exclamó la tía.

—Ahora voy a por el tuyo, abuelo. ¿Puedo? —pidió Henry.

—Muy bien, jovencito —respondió el señor Alden con una sonrisa.

Henry se fue corriendo al establo y volvió al poco rato con un cachorrito blanco y negro en los brazos. Lo dejó en el suelo. Tenía el pelo muy suave. Guardián se levantó al momento y se quedó mirándolo.

—Ven aquí, Guardián —ordenó Jessie—. Pórtate bien.

—Se llama *Señorita*, tía —anunció Henry.

—¡Ay, qué perrita tan linda! —exclamó la anciana. ¿Es para mí?

—Sí —confirmó el señor Alden—. Para ocupar el lugar de Guardián cuando los chicos vuelvan a casa.

Guardián meneó el rabo un poco y se sentó.

—No es más que una cachorrita, Guardián —le dijo Jessie—. Sé bueno.

Feliz
cumpleaños

—¿Quieres cargarla, tía? —preguntó Henry, y se la puso en los brazos.

A Guardián eso no le gustó. No dejaba de mirar a la recién llegada.

La tía Jane estaba encantada. Era evidente. Y la perrita también se sentía a gusto con ella. Se acurrucó entre sus brazos y cerró los ojos.

—Señorita está cansada —dijo Henry—. Siempre que puede se echa una siesta.

La tía se quedó muy quieta, abrazando al animalito en silencio, y cuando se durmió se quedó muy satisfecha. Guardián se tumbó al lado de Jessie, como diciendo: "Bah, me da igual. Total, yo soy el perro de Jessie".

El abuelo miró a su familia y a sus amigos. Quería mucho a todos sus nietos y estaba muy contento de haber recuperado a su hermana.

—Es un día muy feliz para mí —le dijo al señor Carter—. Ya ve usted qué nietos tan estupendos tengo.

—Desde luego, señor Alden.

—Vamos a pasar todos un año feliz —prosiguió el abuelo—. Los chicos volverán a la escuela. Sam y Annie podrán instalarse en esta casa. Maggie se ocupará de Jane de buen grado. Y, lo mejor de todo: yo recuperé a mi hermana.

Sin embargo, la tía Jane negó con la cabeza, llorosa, y lo contradijo: —No, James. Lo mejor de todo es que yo recuperé a mi hermano.

Los cuatro chicos se miraron pero no abrieron la boca. Estaban tan felices que no podían hablar.

Sobre la autora

En su etapa como maestra de escuela, Gertrude Chandler Warner descubrió que muchos lectores aficionados a las historias apasionantes no encontraban libros que fueran al mismo tiempo fáciles de leer y divertidos. Decidió buscar una solución a ese problema y con su primera obra, *Los chicos del vagón de carga*, demostró rápidamente que lo había conseguido.

Warner se basó en experiencias propias. De niña había dedicado muchas horas a ver pasar los trenes delante de la casa de su familia, y con frecuencia fantaseaba con la idea de vivir en un furgón de cola o en un vagón de carga: ahí precisamente fue donde se instalaron los hermanos Alden.

Ante los pedidos de más aventuras protagonizadas por Henry, Jessie, Violet y Benny, Warner empezó a escribir más historias. En cada una de ellas elegía un escenario particular y presentaba a personajes originales o excéntricos a los que les gustaba lo impredecible.

El misterio es un ingrediente básico de todos los libros de la autora, que sin embargo no los consideraba estrictamente novelas de misterio juveniles. Le gustaba subrayar la independencia y el ingenio de los hermanos Alden, y su gran facilidad para aprovechar lo que tenían al alcance de la mano, algo muy típico de Nueva Inglaterra. En la mayor parte de sus aventuras, los chicos tienen muy poca supervisión de los adultos, otra de las cosas que fascinan a los jóvenes lectores.

Warner vivió en Putnam, en el estado de Connecticut, hasta su muerte en 1979. A lo largo de su vida recibió cientos de cartas de niñas y niños que le contaban lo mucho que les gustaban sus libros. Por eso siguió adelante con la serie y escribió en total diecinueve aventuras de los chicos del vagón de carga.